27 février 1904

V

CATALOGUE

DE

BONS LIVRES

MODERNES, BIEN RELIÉS

Livres en Lots

DONT

la vente aura lieu le Samedi 27 Février 1904

RUE DES BONS-ENFANTS, 28, SALLE N° 1

à 8 heures du soir

Par le ministère de Me MAURICE DELESTRE, commissaire-priseur,

5, rue Saint-Georges

Assisté de M. PLESSIS, libraire,

23, rue de Châteaudun

PARIS

1904

CATALOGUE

DE

BONS LIVRES

MODERNES

CONDITIONS DE LA VENTE

1o Il y aura, le jour de la vente, de deux heures à quatre heures, exposition des livres composant la vacation.

2o Les livres vendus devront être collationnés sur place dans les vingt-quatre heures de l'adjudication. Passé ce délai, ils ne seront repris pour aucune cause.

3o Les acquéreurs paieront dix centimes par franc en sus du prix d'adjudication.

4o M. **Plessis**, libraire, chargé de la vente, remplira les commissions qu'on voudra bien lui confier.

ORDRE DE LA VACATION

Nᵒˢ 1 à 49.

Nᵒˢ 51 à 94.

Nᵒ 50.

Livres en lots.

CATALOGUE

DE

BONS LIVRES

MODERNES, BIEN RELIÉS

Livres en Lots

DONT

la vente aura lieu le Samedi 27 Février 1904

RUE DES BONS-ENFANTS, 28, SALLE N° 1

à 8 heures du soir

Par le ministère de Mᵉ Maurice DELESTRE, commissaire-priseur,

5, rue Saint-Georges

Assisté de M. Plessis, libraire,

23, rue de Châteaudun

PARIS

1904

CATALOGUE

1. **Amour, femmes, mariage.** Réunion de 8 vol. in-12 et in-8, br. couv.

> Pour être aimée, conseils d'une coquette. — Hygiène du visage et de la peau. — Philosophie du mariage. — Histoire naturelle de l'Homme et de la Femme. — Fécondation artificielle, par le Dr Gérard. — La question du divorce, par Dumas fils. — La Prostitution, par Yves Guyot.

2. **Anthologie** des Poètes français du XIXe siècle. *Lemerre, s. d.*, 4 vol. gr. in-8 dem.-rel. chagr. brun poli, tête dorée, n. rog.

> Nombreux portraits à l'eau-forte.

3. **Armengaud** (J.). Les Galeries publiques de l'Europe : Rome. *Typ. Lahure*, 1859, in-fol., dem.-rel. chagr. rouge, dos et plats fers spéciaux, tr. dorées.

4. **Balzac.** Les Contes drôlatiques, 9e édition ; 425 dessins de G. Doré. *Garnier, s. d.*, in-8, dem.-rel. mar. vert, coins, filets, dos orné, tête dorée, n. rog.

5 **Barron** (L.). Les Environs de Paris. Ouvr. ill. de 500 dessins d'après nature de G. Fraipont et d'une carte en couleur. *Quantin, s. d.*, in-4, dem.-rel. chagr. rouge, plats toile, dos orné, tr. dorées (*Rel. de l'éditeur*).

> On y joint, du même auteur : « La Loire, ouvr. orné de 134 dessins par A. Chapon ». *H. Laurens, s. d.*, in-8, br., couv. ill.

6. **Biart** (Lucien). A travers l'Amérique. Nouvelles et récits ; vingt-huit dessins hors texte par F. Lix. *Paris, s. d.*, gr. in-8, dem.-rel. mar. rouge, dos orné, tr. peigne.

7. **Blanc** (Ch.). Grammaire des arts du dessin. *Renouard*, 1867, gr. in-8, br., couv.

8. **Blanc** (Ch). Grammaire des Arts décoratifs. Décoration intérieure de la maison. *Renouard*, 1882, in-4, br., couv.
> Nombreuses grav. et 11 planches en couleurs.

9. **Blondel** (Spire). Le Tabac. Le Livre des fumeurs et des priseurs. Préf. du Baron O. de Watteville ; 113 ill. de G. Fraipont dont 16 hors-texte en couleurs. *H. Laurens*, 1891, gr. in-8, dem.-rel. chag. rouge poli, coins, tête dorée, non rog., couv. illustrée cons.
> On y joint : « Dr Depierres : le Tabac, qui contient le plus violent des poisons, abrège-t-il l'existence ? etc. ». *Flammarion*, 1898, in-8, br , couv.

10. **Boileau.** Œuvres poétiques. Avec des notices de M. Poujoulat. Eaux-fortes par V. Foulquier. *Tours, Mame et fils*, 1870, gr. in-8, maroquin du levant rouge poli, filets sur les plats, dos orné, dent. intér., tr. dorées (*Mame*).
> Un des 270 ex. sur vergé (n° 11). Portrait et vignettes en haut de page.

11. **Bonnetain** (P.). Le monde pittoresque et monumental : L'Extrême-Orient. Ouvr. ill. de nombreux dessins d'après nature et de 3 cartes. *Quantin, s. d.*, in-4, dem.-rel. chag. brun poli, coins, tête dorée, n. rog., couv. en couleurs conservée.

12. **Bossuet.** Discours sur l'Histoire Universelle. Préface de Poujoulat. *Tours, Mame et fils*, 1870, gr. in-8, maroquin du levant rouge poli, triple filet, dos orné, dent. intér., tr. dorées (*Mame*).
> Un des 270 ex. sur vergé (n° 12).
> Portrait sur acier, et vignettes à l'eau-forte par V. Foulquier.

13. **Bouillet** (N.). Dictionnaire des Sciences, des Lettres et des Arts ; 8e édition. *Hachette*, 1867. — Dictionnaire universel d'Histoire et de Géographie ; 20° édition. *Hachette*, 1867. — Atlas Universel d'Histoire et de Géographie. *Hachette*, 1865. — Ens. 3 forts vol. in-8, dem.-rel de l'éditeur.

14. **Breton** (E.). Pompéia, décrite et dessinée par E. Breton, suivie d'une Notice sur Herculanum. *Guérin*, 1870, gr. in-8, br., couv.

15. **Casati** (Gaetano). Dix années en Equatoria ; le retour d'Emin Pacha et l'expédition Stanley. Ouvr. trad. par L. de Hessem et enrichi

de 170 grav. et de 4 cartes. *Firmin-Didot*, 1892, gr. in-8, dem.-rel. chag. rouge, coins, filets, tête dorée, n. rog.

16. **Cervantès**. L'ingénieux Hidalgo Don Quichotte de la Manche par Miguel de Cervantès Saavedra. Trad. de L. Viardot avec 370 compositions de Gustave Doré, grav. sur bois par H. Pisan. *Hachette*. 1869, 2 vol. gr. in-4, dem.-rel. chag. rouge poli, dos ornés, têtes dorées, n. rog.

17. **Charras** (Lieutenant-colonel). Histoire de la campagne de 1813 en Allemagne. Avec cartes spéciales. *Le Chevalier*, 1870, in-8, dem.-rel. mar. brun.

    1re édition française.

18. **Charras** (Lieutenant-colonel). Histoire de la campagne de 1815 : Waterloo. *Le Chevalier*, 1869, 2 vol. in-8 et un atlas gr. in-8, dem. rel. mar. brun.

    1re édition parue en France.

19. **Child** (Théod.). Les Républiques hispano-américaines. Ouvr. ill. de 151 grav. et de 8 cartes. *Lib. illustrée, s. d.,* gr. in-8, cart. toile peau de crocodile, plats toile, fers spéciaux, tête dorée, n. rog. (*Cart. de l'éditeur*).

20. **Choisy** (Aug.). Histoire de l'Architecture. *Gauthier-Villars,* 1899, 2 vol. gr. in-8, br., couv.

21. **Colbert**. Lettres, instructions et mémoires de Colbert, publiés d'après les ordres de l'Empereur par P. Clément, de l'Institut. *Imprimerie impériale.* 1861-1882, 10 vol. gr. in-8, dem.-rel. mar. brun poli, dos ornés aux armes de Colbert, têtes dorées, n. rog.

    Avec Portrait gravé, planches de la chalcographie du Louvre, fac-simile d'autographe sur parchemin, etc.

22. **Comte** (Auguste). Cours de Philosophie positive ; 3e éd., préface de Littré. *Baillière,* 1869, 6 vol. in-8, br., couv.

23 **Coupin** (H.). La Vie dans la Nature. Histoire Naturelle pour tous. Ouvr. ill. de 18 planches en chromolithographie et de 258 grav. sur bois. *Firmin-Didot, s. d.,* gr. in-8, cart. dem.-chag. brun, coins, plats ornés, tête dorée, n. rog. (*Rel. de l'éditeur*).

24. **Dayot** (Armand). Napoléon raconté par l'image, d'après les sculpteurs, les graveurs et les peintres. *Hachette,* 1895, in-4, mar. vert à grain long, dos et plats ornés or et à froid avec fers spéciaux et attributs napoléoniens, tr. dorées (*Rel. de l'éditeur*).

25. **Déroulède** (P.). Chants du Soldat. Dessins et aquarelles de : De Neuville, Detaille, Allongé, Baugnies, Boutigny, Fraipont, Girardet, du Paty, Picard, Pille, Maisonneuve, Merwart et Somm. *Calmann-Lévy*, 1888, in-8, cart. de l'éditeur, tête dorée, n. rog., couv. conservée.

26. **Didon** (Le Père). Jésus-Christ. *Plon, Nourrit et C*^{ie}, 1891, 2 vol. in-8, dem.-rel. chag. rouge, dos fleurons, têtes dorées, n. rog.

27. **Du Camp** (Max.). Paris, ses organes, ses fonctions et sa vie dans la seconde moitié du XIXe siècle. 2e éd. *Hachette*, 1875, 6 vol. in-8, dem.-rel. mar. rouge poli, tête dorée, n. rog.

28. **Du Camp** (Max.). Les Convulsions de Paris. *Hachette*, 1879-80, 4 vol. in-8, dem.-rel. mar. rouge poli, tête dorée, n. rog.

29. **Du Cleuziou** (H.). La Création de l'Homme et les premiers Ages de l'Humanité. Ouvr. ill. de 350 grav., 5 gr. planches tirées à part et 3 cartes des dolmens. *Marpon et Flammarion*, 1887, gr. in-8, dem.-rel. chag. brun poli, coins, filets, tête dorée, n. rog.

30. **Duruy** (V.). Histoire des Grecs depuis les temps les plus reculés jusqu'à la réduction de la Grèce en province romaine. Nouv. éd. revue, augmentée, enrichie d'environ 2.000 grav., dessinées d'après l'antique et 50 cartes ou plans. *Hachette*, 1887-89, 3 vol. in-4, dem.-rel. chag. rouge poli, coins, filets, têtes dorées, n. rog.

31. **Duruy** (V.). Histoire des Romains depuis les temps les plus reculés jusqu'à l'invasion des Barbares. Nouv. édition, revue, augmentée et enrichie d'environ 3.000 grav. dessinées d'après l'antique et de 100 cartes ou plans. *Hachette*, 1885, 7 vol. gr. in-8, dem.-rel. chag. rouge poli, coins, filets, têtes dorées, n. rog.

32. **Duruy** (V.). Histoire de France depuis l'invasion des Barbares dans la Gaule romaine jusqu'à nos jours. Nouv. édit. revue, augmentée ;... ouvr. contenant 625 grav. et 6 cartes. *Hachette*, 1892. gr. in-8, dem.-rel. maroquin du lev. rouge poli, coins, tête dorée, n. rog.

33. **Emery** (H.). La Vie végétale, histoire des plantes à l'usage des gens du monde. Ouvr. ill. de 420 grav. sur bois et de 10 planches en chromolithographie. *Hachette*. 1878, gr. in-8, toile rouge, fers spéciaux, tr. dorées (*Rel. de l'éditeur*).

34. **Exposition de 1878**. Comptes rendus sténographiés des Conférences faites au Trocadéro (3 vol.) et des Congrès internatio-

naux. Fascicules 1 à 32. *Impr. Nationale,* 1879-81. Ens. 36 vol. in-8, br., couv.

35. Flammarion (Cam.). Astronomie populaire, description générale du Ciel. Ouvr. illustré de 360 fig., planches en chromolithographie, cartes célestes, etc... *Marpon et Flammarion,* 1884, in-4, dem.-rel. chag. rouge poli, coins, filets, tête dorée, n. rog.

36. Flammarion (Cam.). Les Etoiles et les Curiosités du ciel, description complète du ciel visible à l'œil nu. Supplément de l'Astronomie populaire. Illustré de 400 figures *Marpon et Flammarion* 1882, in-4, dem.-rel. chag. rouge poli, coins, tête dorée, n. rog.

37. Flammarion (Cam.). Les Terres du Ciel, Voyage astronomique sur les autres mondes. Ouvr. illustré de photographies célestes, vues télescopiques, cartes et nombreuses figures. *Marpon et Flammarion,* 1884, in-4, dem.-rel. chag. rouge poli, coins, filets, tête dorée, n. rog.

38. Flammarion (Cam.). Le Monde avant la création de l'Homme. Origines de la Terre, origines de la Vie. Ouvr. illustré de 360 grav., 8 cartes et 5 aquarelles. *Marpon et Flammarion, s. d.,* in-4, dem.-rel., chag. rouge poli, coins, tête dorée, n. rog.

39. Gaffarel (Paul). L'Algérie : Histoire, conquête et colonisation. Ouvr. ill. de 4 chromolithographies, de 3 cartes en couleur et de plus de 200 grav. sur bois dont 22 hors-texte. *Firmin-Didot.* 1883, in-4, dem.-rel. chag. rouge, coins, filets, dos orné, tête dorée, n. rog.

40 Garnier (Ch.) et **Ammann** (A.). L'Habitation humaine. Ouvr. ill. de 335 vignettes et contenant 24 cartes. *Hachette,* 1892, in-4, dem.-rel. chag. rouge poli, coins, tête dorée, n. rog.

41. Gonse (L.). L'Art gothique : l'Architecture, la Peinture, la Sculpture, le Décor. *May et Motteroz, s. d.,* in-fol., cart. bradel fers spéciaux de l'éditeur, n. rog.

Vingt-huit planches hors texte en noir et en chromolithographie. Plusieurs centaines de grav. dans le texte.

42. Gonse (L.). Exposition universelle de 1878. Les Beaux-Arts et les Arts décoratifs par MM. de Beaumont, Biais, Bonnafé, Chesneau, Darcel, Duranty, Ephrussi, Falize, Fillon (etc., etc.), sous la direction de Louis Gonse. *Gazette des Beaux-Arts,* 1879. 2 vol. gr. in-4, dem.-rel. chag. brun, dos ornés à froid, têtes dorées, n. rog.

35 planches hors texte, eaux-fortes, etc., et quantité de grav. dans le texte.

43. **Guizot**. L'Histoire d'Angleterre, depuis les temps les plus reculés jusqu'à l'avènement de la Reine Victoria, racontée à mes petits-enfants. *Hachette*, 1878, 2 vol. gr. in-8, dem.-rel. chag. vert poli, coins, filets, dos ornés, têtes dorées, n. rog.

Ouv. ill. de 199 grav. d'après Bayard, Lix, Ad. Marie, etc.

44. **Guizot**. L'Histoire de France depuis les temps les plus reculés jusqu'en 1789, racontée à mes petits-enfants. Illustr. par A. de Neuville. *Hachette*, 1879-1887 5 vol. gr. in-8, dem.-rel. chag. brun poli, coins, filets, dos ornés, têtes dorées, n. rog.

45. **Guizot**. L'Histoire de France, depuis 1789 jusqu'en 1848, racontée à mes petits-enfants, leçons recueillies par Mme de Witt, née Guizot. Ouvr. illustré de 220 grav. sur bois. *Hachette*, 1879-80, 2 vol. gr. in-8, demi-rel. chag. brun poli, coins, filets, dos ornés, têtes dorées, n. rog.

46. **Ha-Cohen** (Maître Joseph). Emek Habakha ou la Vallée des pleurs, chronique des souffrances d'Israel depuis sa dispersion jusqu'à nos jours (1575), publ. pour la première fois en français, avec notes, par Julien Sée. *Paris*, 1881, in-8, br., couv.

47. **Havard** (Henry). L'Art dans la maison, grammaire de l'ameublement. *Roueyre et Blond*, 1884, gr. in-4, dem.-rel. chag. rouge poli, coins, tête dorée, n. rog.

312 illustrations en noir et en couleurs de MM. Corroyer, David, Prigno t (arch.), Favier, Fichot, Goutzviller, Kaufmann, Laurent, Mikel, Toussaint, Bayard, Scott, Lancelot, etc.

48. **Houssaye** (H.). 1814 [et] 1815. *Perrin*, 1901-1902. — Ens. 3 vol. in-12, demi-rel. chagr. brun poli, tête dorée, n. rog. (dans un étui).

49. **Imberdis** (André). Histoire générale de l'Auvergne jusqu'au XVIIIe siècle. *Clermont-Ferrand*, 1868, 2 vol. in-8, br., couv.

Papier de Hollande.

50. **Imitation de J.-C**. IV Livres de l'Imitation de Jésus-Christ, qu'aucuns attribuent à Iessen, d'autres à Gerson, et d'autres à Thomas a Kempis, fidèllement traduits. Nouuellement mis en françois par M. R. G. A. Et reueu par le même Autheur en ceste dernière édition. *A Paris, chez Nicolas Gasse au Mont S. Hilaire près la Cour t d'Albret M.DCXXVI (Paris, Curmer, s. d., 1855-57)*. — Appendice à l'Imitation de Jésus-Christ. *Curmer*, 1858. — Ens. 2 vol. pet. in-4. maroquin brun estampé gaufré et orné à froid, dent. int., gardes de tabis bleu, tr.

bleues semées d'hermines d'or, fermoirs vieil argent. Les deux vol. dans un coffret maroquinerie noire, capitonné de satinette bleue.

Très bel exemplaire. Encadrements page à page et 4 superbes compositions en couleurs. Tout premier tirage.

51. Laboulaye (Ch.). Dictionnaire des Arts et Manufactures et de l'agriculture. 5ᵉ édition. — Complément du Dictionnaire des Arts, etc. *Paris,* 1881-82, 4 forts vol. gr. in-8, demi-rel. chag. vert, dos ornés.

52. Labruyère. Les Caractères. Avec dix-huit grav. à l'eau-forte par V. Foulquier. *Tours, Mame,* 1867, in-4, mar. brun poli, filets, dos orné, dent. intér., tr. dorées.

53. Lacroix (P.). Directoire, Consulat et Empire. Mœurs et usages, Lettres, Sciences et arts. France, 1795-1815. Ouvr. ill. de 10 chromolithographies et de 410 grav. sur bois d'après Ingres, Gros, Prud'hon, Gérard, David, Isabey, Girodet, Debucourt (etc.). *Firmin-Didot,* 1884, gr. in-8, demi-rel. chag. rouge, coins, filets, dos orné, tête dorée, n. rog.

Premier tirage.

54. La Fontaine. Contes. Éd. illustrée de 180 vignettes dans le texte par Tony Johannot, E. Boulanger, Roqueplan, Fragonard père et de nouveaux dessins par Staal. Précédée d'une introduction par L. Moland *Garnier frères, s. d.,* demi-rel chag. rouge poli, coins, tête dorée, n. rog.

55. Lavisse *et* **Rambaud.** Histoire générale du IVᵉ siècle à nos jours. *A. Colin et Cⁱᵉ,* 11 vol. gr. in-8, br., couv.

56. Le Bon (Dʳ Gustave). La Civilisation des Arabes. Ouvr. ill. de 10 chromolithogr., 4 cartes et 366 grav. dont 70 grandes planches d'après les photographies de l'auteur ou d'après les dessins les plus authentiques. *Firmin-Didot,* 1884, in-4, dem.-rel. chag. rouge, coins, filets, dos orné, tête dorée, n. rog.

57. Le Bon (Dʳ G.). Les Civilisations de l'Inde. Ouvr. illustré de 7 chromolithographies, 2 cartes et 350 grav. et héliogravures. *Firmin-Didot,* 1887, gr. in-8, demi-rel. chag rouge, coins, filets, dos orné, tête dorée, n. rog.

58 Le Bon (Dʳ G.). Les premières Civilisations. Ouvr. ill. de 443 figures, comprenant 333 reproductions, 41 restitutions, 60 photogravures et 9 photographies. *Marpon et Flammarion,* 1889, gr. in-8, demi-rel. chag. rouge poli, coins, filets, tête dorée, n. rog.

59. **Lecoq** (H.). Les époques géologiques de l'Auvergne. Avec 170 planches dont plusieurs coloriées. *Bailliere*, 1807, 5 vol. gr. in-8, br., couv. — On y joint : « **Essai** géologique et minéralogique sur les environs d'Issoire, et principalement la montagne de Boulade. » *Clermont-Ferrand*, 1827, in-fol., br. (*Nombreuses planches*).

60. **Liais** (Emmanuel). L'Espace céleste et la nature tropicale ; préface de M. Babinet ; dessins de Yan d'Argent. *Garnier*, s. d., in-4, demi-rel. chag. vert, plats toile, dos orné, tr. dorées (*Rel. de l'éditeur*).
Planches hors texte en noir et en couleurs.

61. **Littré.** Dictionnaire de la Langue française. *Hachette*, 1873, 4 vol. in-4, dem.-rel. chag. bleu, plats toile (*Rel. de l'éditeur*).

62. **Longus.** Les Pastorales ou Daphnis et Chloé, trad. de messire J. Amyot, complétée par P.-L. Courier (Notice par Anatole France). *Lemerre*, 1878, in-8, dem.-rel. mar. citron, coins, dos orné, tête dorée, n. rog. (*David*).
Un des 50 ex. sur Whatmann (n° 13). Avec suite ajoutée (1 frontispice et 6 fig. à l'eau-forte).

63. **Loti** (Pierre). Madame Chrysanthème. Dessins et aquarelles de Rossi et Myrbach. *Calmann-Lévy*, 1888, in-8, cart. de l'éditeur, tête dorée, n. rog., couv. conservée.
Edition originale.

64. **Lyon en 1793**. Procès-verbaux authentiques du Comité de Surveillance de la section des Droits de l'homme, etc. *Lyon, Mouthon*, 1847, in-8, dem.-rel. mar., coins, tête dorée, n. rog.
Papier de Hollande. Planches en triple état, noir, bleu et chine collé, planche en couleur, fac-similé d'autographes, etc.

65. **Marbot.** Mémoires du général baron de Marbot. Neuv. édition. *Plon, Nourrit et Cie*, 1891, 3 vol. in-8, dem.-rel. chag. rouge, dos ornés, têtes dorées, n. rog. (*Dans un étui*).

66. **Marius** (Prosper). Ronces et Gratte-culs. Préf. de Charles Monselet. *Lemonnyer*, 1884, gr. in-4, br., couv. illustrée.
Un des 60 ex. sur papier du Japon avec une deuxième suite (en bistre) de toutes les gravures. Ex. n° 21.
25 grav. en taille-douce de Bastien-Lepage, Carrier Belleuse, José Frappa, Gervex, H. Pille, H. Rivière, H. Somm, Stevens, Willette, etc.

67. **Masson** (Frédéric). Napoléon et sa famille. *Ollendorff*, 1897-98, 4 vol. — **Chuquet** (A.). La Jeunesse de Napoléon : Brienne. *Colin*, 1897. — Ens. 5 vol. in-8, br., couv.

68. **Masson** (Fréd.). Joséphine de Beauharnais. — Joséphine impératrice et reine. — Joséphine répudiée. *Ollendorff*. 1899-1901, 3 vol. in-8, br., couv.

69. **Michaud.** Histoire des Croisades. *Furne et Cie*, 1862, 4 vol in-8, br., couv.

> Edition la plus estimée.

70. **Michelet** (J.). L'Oiseau ; 14e édition illustrée de 210 vig. sur bois par Giacomelli. *Hachette*, 1881. — L'Insecte. Nouv. édition ill. de 140 vig. *Hachette*. 1884. — Ens. 2 vol. in-4, dem.-rel. chag. brun poli, coins, filets, dos ornés, têtes dorées, n. rog.

71. **Michelet** (J.). Jeanne d'Arc (1412-1432), avec dix eaux-fortes de Boilvin, Boulard, Champollion, Courtry, Gery Richard, Milius et Monziès d'après les dessins de Bida. *Hachette*, 1888, in-8, dem.-rel. chag. brun poli, coins, filets, tête dorée, n. rog.

72. **Michelet** (J.). Histoire de la Révolution française imprimée pour le Centenaire de 1789. (*Imp. Nationale*), *P. Ollendorff*, 1889, 5 vol. pet. in-4 br., couv.

73. **Molière**. Théâtre complet. Avec une notice par M. Poujoulat. Cinquante eaux-fortes de V. Foulquier. *Tours, Mame et fils*, 1878-79, 2 vol. in-4, maroquin brun, filets, dos ornés, dent. intér., tr. dorées (*Mame*).

> Un des 275 ex. sur vergé (n° 270).

74. **Montifaud** (Marc de). Entre messes et vêpres. *Paris*, 1881, 7 fasc. en 1 vol. (7 eaux-fortes). — Les Nouvelles drolatiques. *Paris*, 1880, 2 vol (2 eaux-fortes). — Les Vestales de l'Eglise. *Bruxelles*, 1877. Ens. 4 vol. dem.-rel n. rog.

75. **Papiers et Correspondance** de la Famille Impériale. *Impr. Nationale*, 1870, 2 tomes en 1 vol. gr. in-8, dem.-rel. mar. vert poli, coins, tête dorée, n. rog.

76. **Pascal**. Lettres Provinciales et Pensées Nouvelle édition, augmentée : 1° D'un Essai sur les meilleurs ouvrages écrits en prose dans la langue française et d'une introduction aux Pensées, par le comte François de Neufchateau ; 2° D'une nouvelle table analytique des Pensées. *Lefèvre*, 1819, 2 vol. in-8, maroquin à grain long, brun, dos et plats ornés or et à froid, dent. intér., tr. dorées (*Simier*).

> Très beau spécimen de reliure romantique.

77. **Peyre** (Roger). Napoléon 1er et son temps. Histoire militaire, gouvernement intérieur, Lettres, Sciences et Arts. Ouvr. ill. de 13 planches en couleur et 451 gravures et photogravures d'après les documents de l'époque et accompagné de 21 cartes ou plans. *Firmin-Didot*, 1888, gr. in-8, dem.-rel. chag. rouge poli, coins, filets, dos orné, tête dorée, n. rog.

78. **Piedagnel** (Alex.). J.-F. Millet. Souvenirs de Barbizon avec son portrait et 9 eaux-fortes. *Cadart*, 1876, in-8, dem.-rel. chag. bleu, n. rog.

Frontispice de F. Rops. Tiré à 545 ex. (n° 1, Hollande).

79. **Piedagnel** (Alex.). Jadis ; souvenirs et fantaisies. Avec 6 eaux-fortes de Marcel d'Aubépine. *Liseux*, 1886, gr. in-8, br., couv.

Un des 350 ex. sur Hollande (n° 145).

80. **Reclus** (O.). La Terre à vol d'oiseau. Ouvr. contenant 10 cartes et 616 vues et types gravés sur bois. *Hachette*, 1886, in-4, dem.-rel. chag. vert, coins, filets, dos orné, tête dorée, n. rog.

81. **Regnard** (Dr). Les maladies épidémiques de l'esprit : Sorcellerie, Morphinisme, Délire des grandeurs. Ouvr. ill. de 120 gravures. *Plon, Nourrit et Cie*, 1887, in-8, br., couv.

82. **Renan** (Ernest). Les Apôtres M. Lévy, 1866. — Saint-Paul. *M. Lévy*. 1869. — L'Antechrist. *M. Lévy*. 1873. — Marc-Aurèle, 3e édition. *C. Lévy*, 1882. — Ens. 4 vol. in-8, br., couv.

Editions originales, sauf « Marc-Aurèle ».

83. **Rousiers** (P. de). La Vie américaine. Ouvr. ill. d'une héliogravure et de 520 reproductions sur cuivre de Ch. G. Petit d'après les photographies spécialement prises pour l'ouvrage et accompagnée de 17 cartes ou plans. *Firmin-Didot*, 1892, in-4, demi-rel veau fauve, coins, filets, dos orné pièces, tr dorées (*Rel. de l'éditeur*).

84. **Schliemann** (H.) Ilios, ville et pays des Troyens. Résultat des fouilles sur l'emplacement de Troie et des explorations faites en Troade de 1871 à 1882. Avec une auto-biographie de l'auteur, 2 cartes, 8 plans et environ 2000 grav. sur bois. Trad. de l'anglais par Mme E. Egger. *Firmin-Didot*, 1885, gr. in-8, demi-rel. chag. rouge, plats toile, dos et plats ornés fers spéciaux, tr. dorées (*Rel. de l'éditeur*).

85. **Sepet** (Marius). Jeanne d'Arc ; deuxième édition revue. *Tours, Mame et fils*, 1887, in-4, dem.-rel. mar. du lev. rouge poli, coins, filets, dos orné, tête dorée, n. rog.

Illustré par Andriolli, Joseph Blanc, Barrias, Fremiet, J. P. Laurens, Luminais, Rochegrosse, etc.

86. **Stanley** (H. M.). Dans les ténèbres de l'Afrique. Recherche, délivrance et retraite d'Emin Pacha. Trad. de l'anglais, contenant 150 grav. et 3 grandes cartes en couleur. *Hachette*, 1890, 2 vol. gr. in-8, demi-rel. chag. tête de nègre, coins, têtes dorées, n. rog.

87. **Topffer** (R.). Nouvelles génevoises. Illustrées d'après les dessins de l'auteur ; 6ᵉ édition illustrée. *Garnier*, s. d., gr. in-8, dem.-rel. chag. rouge poli, tête dorée, n. rog.

88. **Vaulabelle** (A.). Histoire des Deux Restaurations (janv. 1815-oct 1830) *Perrotin*, 1858, 8 vol. demi rel. chagr. vert, dos ornés.

89. **Veuillot** (Louis). Jésus-Christ, avec une étude sur l'art chrétien par E. Cartier. Ouvr. contenant 180 grav. et 16 chromolithographies d'après les monuments de l'art depuis les catacombes jusqu'à nos jours ; 3ᵉ édit. *Firmin-Didot*, 1876, gr. in-8, maroquin. du lev. tête de nègre, poli, coins, tête dorée, n. rog.

90. **Villars** (P.). Le monde pittoresque et monumental. L'Angleterre, l'Ecosse et l'Irlande. *Quantin*, s. d., gr. in-4. rel. toile gaufrée, fers spéciaux, tr. dorées, couv. en couleurs cons. (*Rel. de l'éditeur*).

4 cartes en couleurs et 600 grav. d'après Boudrier, Deroy. Lancelot, Fraipont. etc. etc.

91. **Wallon** (H.). Jeanne d'Arc. Edition illustrée d'après les monuments de l'Art depuis le quinzième siècle jusqu'à nos jours. Troisième édition. *Firmin-Didot*, 1877. gr. in-8, demi-rel. chag. rouge, coins, filets, dos orné, tête dorée, n. rog.

92. **Wallon** (H.) *de l'Institut*. Saint-Louis ; troisième édition. *Tours. Mame et fils*, 1887. gr. in-8, dem.-rel. mar. du lev. rouge poli, coins, filets, dos orné de fleurs de lys, tête dorée, n. rog.

Nombreuses grav. hors et dans le texte. Frontispice en couleurs d'après le psautier de St.-Louis conservé à la Bib. Nationale.

93. **Wey** (Francis). Rome. description et souvenirs. Ouvr. contenant 358 grav. sur bois par les plus célèbres artistes et un plan ; 3ᵉ édition augmentée d'un Voyage à Rome en 1874. *Hachette*, 1875, gr. in-4. dem.-rel. chag. rouge, plats toile, dos et plats ornés fers spéciaux, tr. dorées (*Rel. de l'éditeur*).

94. **Witt** (Mme de). La Charité en France à travers les siècles. Ouvr. orné de 81 gravures. *Hachette, s. d.*, in-8, br., couv.

LIVRES EN LOTS

Plusieurs centaines d'excellents volumes, presque à l'état de neuf pour la plupart, et que le temps n'a pas permis de cataloguer en détail, sur les matières suivantes :

Mathématiques pures : Géométrie, Géométrie analytique, Trigonométrie, Calcul infinitésimal, Arithmétique théorique et pratique, Algèbre, Algèbre supérieure, Equations transcendantes, Calcul différentiel, intégral et des variations.

Mécanique rationnelle, Mécanique appliquée, Hydraulique et machines à élever les eaux, Tachéométrie, Nivellement, Ponts et chaussées, Théorie des résistances des solides.

Cosmographie, Géologie, Minéralogie, Botanique, Zoologie, Paléontologie, Anthropologie, Ethnographie, Géographie, Médecine.

Construction, Métallurgie, Voies ferrées et matériel des Chemins de fer, Machines à vapeur, Electricité.

(Editions de Dunod, Gauthier-Villars, Baudry, Baillière, Reinwald, Rothschild, Masson, etc., etc).

Littérature, Voyages, Romans, etc.

Philosophie, Religions, Politique, Histoire.

LAVAL. — IMPRIMERIE L. BARNÉOUD & Cie